La princesa exploradora

Anita V. Sanders

Contenido:

Capítulo 1
La coronación
de la Princesa Evelina

Era un día radiante en el Reino de Luminia. Los pájaros cantaban y las flores brillaban con colores vibrantes mientras los habitantes se reunían en la plaza principal del castillo. Hoy se celebraba un hecho especial: la coronación de la joven Princesa Evelina.

Evelina, con su brillante cabello castaño y ojos curiosos, estaba nerviosa pero emocionada. Había soñado con este momento desde que era pequeña. Su madre, la Reina

Elena, le colocó la hermosa corona dorada en la cabeza mientras la multitud vitoreaba y aplaudía.

"Queridos ciudadanos de Luminia," comenzó la Reina, "hoy coronamos a mi hija, la Princesa Evelina. Que su reinado esté lleno de sabiduría, bondad y aventura."

Después de la ceremonia, hubo un gran banquete en el salón del castillo. Evelina recibió muchos regalos, pero uno en particular llamó su atención: un mapa antiguo y un pequeño cofre. La Reina Elena sonrió al ver el interés de su hija.

"Este mapa, querida, ha estado en nuestra familia por generaciones. Se dice lleva a lugares mágicos y secretos que pocos han descubierto. Y en el cofre hay una llave que necesitarás en tu viaje."

La princesa tomó ambos objetos con gran reverencia. Sus ojos brillaban de emoción y curiosidad. Esa noche, mientras todos dormían, desplegó el mapa en su habitación. Era el plano del interior del castillo atiborrado de símbolos misteriosos. Decidida a descubrir más, comenzó a planear su primera aventura.

A la mañana siguiente, habló con la reina. "Madre, quiero explorar los lugares que este mapa muestra. Quiero aprender más sobre nuestro castillo y los secretos que guarda."

La Reina Elena la miró con ternura. "Evelina, siempre has tenido un espíritu aventurero. Pero recuerda, cada aventura trae desafíos y lecciones. Prométeme que serás cuidadosa y usarás tu sabiduría en cada paso."

Ella asintió con determinación. Con el mapa en la mano y muchas ilusiones, comenzó a organizar sus cosas para su aventura. Esa sería su última noche en el castillo, ya que al día siguiente partiría. Antes de dormirse, sintió una mezcla de nervios y emoción. Estaba lista para enfrentar lo desconocido.

Y así, la Princesa Evelina juzgó que estaba lista para iniciar su viaje, no solo con la finalidad de descubrir lugares mágicos, sino también para encontrarse a sí misma. Con cada paso que daba, sabía que estaba siguiendo los de sus ancestros y al mismo tiempo creando su propio camino.

Moraleja: A veces, los mayores tesoros no se encuentran en lo que vemos, sino en lo que descubrimos en nuestro corazón. Aventurarse hacia lo desconocido nos enseña a ser valientes y confiar en nosotros mismos.

Capítulo 2

El mapa secreto del castillo

La princesa Evelina se despertó temprano, emocionada por la nueva aventura que la esperaba. El sol apenas comenzaba a iluminar las torres del castillo de Luminia, cuando ella ya estaba examinando el antiguo mapa.

Este se veía complicado, lleno de palabras de un lenguaje extraño y caminos que no parecían tener sentido al principio. Evelina decidió comenzar su búsqueda en el lugar más familiar que le mostraba el croquis: la biblioteca. Allí nada le parecía particular, salvo el cuadro de su tatarabuelo que con la mano derecha indicaba el poniente. Siguió caminando por los pasillos en esa dirección, observando con detenimiento cada detalle, buscando pistas que pudieran ayudarla a descifrar el mapa.

Luego de muchas vueltas, notó una extraña inscripción en una de las paredes del salón principal. Era un antiguo poema que hablaba de puertas secretas y tesoros escondidos. "Creo que esto es una pista", pensó emocionada. Con ansiedad, empezó a tocar y empujar diferentes partes de la pared hasta que, finalmente, un panel se deslizó revelando una escalera secreta descendente.

Con una antorcha en la mano, la princesa bajó por los escalones de piedra hasta llegar a una sala oculta. Las paredes estaban cubiertas de tapices antiguos que contaban historias de todos los reyes y reinas de Luminia. En el centro de la habitación había un pedestal con un libro polvoriento.

Lo abrió con mucho cuidado y descubrió que era un diario escrito por su tatarabuelo, el Rey Alaric. En él, hablaba de sus propias aventuras y de cómo había escondido pistas por todo el reino para que futuras generaciones pudieran descubrir los secretos y maravillas de Luminia.

El relato también contenía un nuevo mapa, más detallado que el anterior, y una serie de acertijos que debía resolver para encontrar el siguiente destino. "Este debe ser el siguiente paso en mi aventura", pensó Evelina, entusiasmada por lo que había encontrado.

A medida que avanzaba, resolvía los enigmas y descubría más salas ocultas dentro del palacio. Cada una de ellas contenía objetos y relatos que enriquecían la historia del reino. En una, encontró un antiguo telescopio que permitía ver las estrellas con claridad impresionante. En otra, descubrió un baúl lleno de cartas de amor entre antiguos reyes y reinas.

Finalmente, se topó con un retrato de la reina Elena, la madre de Evelina, cuando era joven. Al pie del mismo había una inscripción que decía: "El verdadero tesoro no está en lo que encuentras, sino en lo aprendido y los recuerdos acumulados en el camino."

La princesa sonrió al leer la frase. Y pensó en voz alta: creo haber encontrado algo más valioso que cualquier joya o tesoro. He aprendido sobre mi familia y su pasado. También disfruté de una aventura inolvidable."

Moraleja: El verdadero tesoro no siempre es algo material. A veces, lo más valioso que podemos descubrir son las lecciones del pasado y los recuerdos que creamos en el camino. Explorar con curiosidad y atención puede revelarnos riquezas inesperadas.

Capítulo 3
El bosque encantado

Con el nuevo mapa en mano, la princesa Evelina se preparó para dejar el castillo y aventurarse en el misterioso Bosque Encantado. La leyenda decía que éste estaba lleno de criaturas mágicas y plantas que brillaban en la oscuridad. Aunque muchos lo consideraban un lugar peligroso, ella estaba decidida a explorar sus secretos.

Cuando entró en el bosque, fue recibida por una atmósfera tranquila pero misteriosa. La luz del sol apenas penetraba a través del denso follaje, creando un ambiente de penumbra fascinante. Mientras caminaba, notó que las flores y los hongos a lo largo del camino emitían un suave resplandor.

Muy asombrada por todo lo que veía a su alrededor continuó su marcha, siguiendo las indicaciones del mapa, que ahora mostraba un camino serpenteante que la llevaría al corazón del bosque.

En el camino, se encontró con un búho de plumaje blanco como la nieve, posado en una rama baja. El ave la observaba con ojos penetrantes y sabios. "Bienvenida al Bosque Encantado", dijo con una voz profunda y resonante. "Soy Orfeo, el guardián del bosque. ¿Qué te trae por aquí?"

Evelina se inclinó respetuosamente y le explicó su misión de explorar y aprender más sobre los secretos del reino. Orfeo asintió y le pidió que lo siguiera. "Princesa, te mostraré algo especial, algo que solo aquellos con un corazón puro pueden ver", le dijo mientras volaba a baja altura y la guiaba por un sendero oculto.

La princesa caminó durante un buen rato, cruzando pequeños arroyos y esquivando raíces retorcidas, hasta llegar a un claro luminoso. En el centro de este había un antiguo roble, cuyas ramas extendidas parecían abrazar el cielo. Tenía una puerta tallada en su tronco. El servicial búho se posó junto a la puerta y le explicó: "Este árbol guarda la historia del Bosque Encantado. Entra y descubrirás su magia."

Al traspasar el pórtico, Evelina se encontró en una caverna luminosa dentro del roble. Las paredes estaban cubiertas de dibujos antiguos que contaban las leyendas del bosque y sus habitantes. Vio representaciones de unicornios, hadas y otros seres sobrenaturales que una vez vivieron en armonía con los humanos.

Al fondo de la cueva, encontró un estanque de agua cristalina. "Este pequeño lago es especial", explicó Orfeo, que había entrado tras ella. "Sus aguas reflejan no solo la apariencia de quien se mira en él, sino también su verdadero corazón."

La princesa exploradora se arrodilló y miró el reflejo. Distinguió su rostro, pero también imágenes de sus padres, reino y amigos. Se dio cuenta de que la verdadera fuerza y riqueza provenían del amor y la bondad que compartía con los demás.

Conmovida por lo que había visto, agradeció al búho sabio por mostrarle la magia del bosque. "Has aprendido una lección valiosa, joven princesa", dijo. "La verdadera magia no está en lo que poseemos, sino en quiénes somos y cómo tratamos a los demás."

Moraleja: La verdadera magia reside en nuestro interior y se manifiesta a través de la bondad, el amor y la honestidad. Lo que vemos en nuestro reflejo es un recordatorio que nuestras acciones y sentimientos hacia los demás son lo realmente importante.

Capítulo 4

El dragón amistoso

Después de su reveladora experiencia en el Bosque Encantado, la Princesa Evelina siguió las pistas del mapa que la conducían hacia las Montañas de Fuego, un lugar conocido por sus picos ardientes y terrenos traicioneros. Según esta cartografía, más allá de esas montañas encontraría la siguiente clave para desentrañar los secretos de Luminia. Sin embargo, para llegar allí, tendría que cruzar una zona peligrosa donde, según las leyendas, habitaba un dragón temido por todos.

Con valentía, comenzó el ascenso hacia la cumbre. El terreno era rocoso y cada paso parecía más difícil que el anterior. Cuando llegó a una meseta elevada, se detuvo para descansar y evaluar el camino que tenía por delante. De repente, un rugido ensordecedor resonó a través de las montañas, y una sombra enorme cubrió el suelo.

"¡Es el dragón! ¡Va a atacarme!, pensó Evelina con terror y se puso pálida. Desde el cielo, un enorme dragón de escamas verdes y ojos dorados descendió y se posó frente a ella. Aunque era imponente, su mirada no mostraba hostilidad, sino curiosidad.

"¿Quién eres tú que te atreves a entrar en mis dominios y qué buscas aquí?" preguntó en un tono profundo, pero no amenazante.

La princesa, con el corazón latiendo rápido, dio un paso adelante. "Soy la princesa Evelina de Luminia. Estoy en una misión para descubrir los secretos de mi reino. No vengo con malas intenciones."

La criatura la observó con atención, luego se echó a reír con una risa que resonó como truenos suaves. "No temáis, pequeña aventurera. Soy Draconis, el guardián de estas montañas. Muchos me temen por mi apariencia, pero en realidad, soy un protector de estos terrenos y de aquellos que muestran valentía y corazón puro."

Evelina respiró aliviada. Draconis le explicó que muchos habían intentado cruzar las montañas con el único propósito de buscar riquezas, pero ninguno mostró el respeto y valentía que ella demostraba. "Veo que tu misión es noble," dijo. "Permíteme ayudarte a cruzar las montañas de forma segura."

Así la intrépida exploradora subió a la espalda del dragón, quien con poderosos aleteos la llevó por encima de los picos humeantes, ofreciéndole una vista espectacular del paisaje abajo. Durante el vuelo, le contó historias antiguas sobre sus antepasados que habían protegido el lugar durante siglos preservándolo de avaros buscadores de tesoros.

Al llegar al otro lado, la dejó suavemente en una pradera verde y floreciente. "Aquí encontrarás el siguiente paso en tu viaje," dijo "Recuerda, no todo es lo que parece. La bondad puede encontrarse en los lugares más inesperados."

Evelina agradeció a Draconis por su ayuda y se despidieron con la promesa de volver a encontrarse en algún momento, ya que se hicieron buenos amigos.

Moraleja: No juzgues por las apariencias. A menudo, la verdadera naturaleza de alguien puede sorprendernos. La valentía y bondad abren puertas a la amistad en los lugares más inesperados.

Capítulo 5

La cueva de los misterios

Después de su emocionante viaje sobre las Montañas de Fuego, la princesa Evelina volvió a consultar el mapa para saber hacia dónde debía dirigirse. Este ahora la guiaba hacia una cueva legendaria, conocida como Cueva de los Misterios, famosa por los enigmas que guardaba y las recompensas que ofrecía a quienes lograban resolverlos.

Su entrada estaba decorada con antiguas inscripciones y símbolos, los cuales contaban historias de valientes aventureros que habían pasado por ahí antes. La princesa, con linterna en mano, se adentró en la oscuridad, sintiendo una mezcla de emoción y nerviosismo.

El aire adentro era fresco y estaba lleno de ecos misteriosos. Las paredes brillaban débilmente con cristales incrustados que reflejaban la luz de su linterna. Al llegar a una gran cámara, se encontró con una puerta de piedra gigantesca, cubierta de hermosos tallados. En el centro de esta, había un pedestal con una leyenda que decía:

"Para pasar esta puerta, resuelve los acertijos y la verdad encontrarás."

Se acercó con mucha cautela y allí encontró tres adivinanzas grabadas en placas de piedra. Leyó la primera en voz alta:

"Soy algo que todos pueden escuchar, pero nadie puede ver. No tengo forma ni color, pero existo en todas partes. ¿Qué soy?"

Evelina pensó por un momento y luego respondió: "¡El sonido!"

Al decir esto, la primera placa de piedra se iluminó, y un mecanismo dentro de la puerta hizo clic. Siguió con la segunda:

"Vivo en el agua, pero si me quitas de ella, muero. ¿Qué soy?"

Reflexionó y con voz firme dijo: "¡Un pez!"

La segunda placa se iluminó, y la puerta hizo otro clic. Finalmente, leyó la tercera adivinanza:

"Cuanto más me quitas, más grande me vuelvo. ¿Qué soy?"

La princesa exploradora frunció el ceño, pensando profundamente.

Después de un momento, una sonrisa iluminó su rostro. "¡Un agujero!"

La tercera placa se iluminó, y la puerta abrió lentamente, revelando una sala resplandeciente llena de tesoros: joyas, monedas de oro, y piedras preciosas. Sin embargo, en el centro, sobre una mesa dorada, había algo aún más impresionante: un añejo libro

con la inscripción "Sabiduría de los Antiguos".

Se acercó al mismo, abriéndolo con mucho cuidado. Contenía historias, conocimientos y lecciones de vida escritos por sus ancestros de Luminia, para guiar a las futuras generaciones. Mientras leía en voz alta, las palabras parecían cobrar vida, trayendo a su mente imágenes de los antiguos reyes y reinas que compartían sus consejos y experiencias.

Una de las historias hablaba sobre la importancia de la sabiduría y la búsqueda del conocimiento. Otra enseñaba sobre la valentía y la bondad. Evelina se dio cuenta que el verdadero tesoro de la cueva no eran las joyas ni el oro, sino la cultura y lecciones que podía aprender de aquellos que vivieron antes que ella.

Con el libro en sus manos, Evelina salió de la cueva con el corazón palpitando de felicidad y lista para continuar su aventura.

Moraleja: El verdadero tesoro no siempre es material. La sabiduría y el conocimiento que adquirimos a lo largo de nuestras aventuras y experiencias son invaluables y nos guían a lo largo de la vida.

Capítulo 6
El puente arcoíris

Con el valioso libro "Sabiduría de los Antiguos" en su poder, la princesa Evelina continuó su viaje, siguiendo las indicaciones del mapa hacia el próximo destino: el Puente Arcoíris. Este puente legendario, según las historias, solo podía ser cruzado por aquellos de corazón puro y valiente.

El camino la llevó a un valle rodeado de colinas verdes y flores de todos los colores imaginables. Al llegar allí, vio a lo lejos un resplandor multicolor. El Puente Arcoíris se elevaba majestuosamente, sus arcos brillaban con los colores del arcoíris, y el aire alrededor de él parecía vibrar con magia.

La princesa exploradora se acercó, pero al intentar cruzarlo, una barrera invisible la detuvo. Frente a ella apareció un hada de alas relucientes de un azul profundo y mirada amable. "Bienvenida, viajera. Soy Aurora, protectora de este puente. Para pasar, debes demostrar que posees las virtudes necesarias: valentía, bondad y sabiduría. ¿Estás lista para el desafío?"

Evelina asintió con coraje. La bella criatura levantó su varita y creó tres desafíos, uno para cada virtud.

En primer lugar, la condujo a una caverna oscura llena de sombras y ruidos inquietantes. "Debes caminar a través de la caverna sin dudar, confiando en tu valor interior", le dijo.

Sin casi pensarlo, respiró hondo, y comenzó a avanzar, sintiendo el miedo, pero enfrentándolo con cada paso. Recordó las lecciones aprendidas y continuó adelantándose con valor. Al salir al otro lado de la caverna, una luz brillante la envolvió, señalando que había pasado el primer desafío.

Luego, Aurora la llevó a un pequeño pueblo cercano donde los habitantes estaban en conflicto por la falta de agua. "Debes encontrar una solución que beneficie a todos y traiga paz", le indicó.

La princesa habló con los aldeanos, escuchando sus preocupaciones y problemas. Les propuso cavar un pozo comunitario en un área central. Todos trabajaron unidos, y pronto, el agua fluyó, trayendo alegría y armonía al pueblo. El hada sonrió, y una luz dorada la rodeó, indicando que había superado el segundo desafío.

Finalmente, Aurora la llevó a un claro con una fuente mágica. "Para esta prueba, debes responder una pregunta que requiere sabiduría. ¿Qué es lo más valioso que has aprendido en tu viaje?"

Evelina reflexionó un momento y le contestó: "He experimentado que los verdaderos tesoros. no son cosas materiales, sino cualidades que nos guían y fortalecen."

El hada asintió con satisfacción, y la luz plateada de la sabiduría la envolvió. "Has demostrado poseer las virtudes necesarias. Puedes cruzar el Puente Arcoíris."

Así, la intrépida exploradora avanzó y, esta vez, la barrera invisible se desvaneció. Mientras cruzaba el puente, se sintió envuelta en una sensación de paz y alegría. Los colores vibrantes del arcoíris la rodearon, y al otro lado encontró un paisaje hermoso, lleno de nuevas maravillas y aventuras por descubrir.

Moraleja: Las cualidades internas como valentía, bondad y sabiduría son los verdaderos puentes que nos llevan a superar los desafíos de la vida. A través de ellas, encontramos el camino hacia la verdadera felicidad y éxito.

Capítulo 7

Los duendes del valle

Después de cruzar el Puente Arcoíris, la princesa Evelina llegó a un hermoso valle cubierto de flores silvestres y verdes praderas. El aire era fresco y lleno de fragancias, y el canto de los pájaros añadía una música encantadora al paisaje. Según el mapa, aquí se encontraba una aldea oculta, hogar de duendes conocidos por sus travesura y sabiduría.

Mientras exploraba el lugar, escuchó unas risitas tenues. Se acercó a un grupo de arbustos y allí, entre las hojas, vio a unos pequeños seres con ropas verdes y sombreros puntiagudos. ¡Eran duendes!

—¡Hola! ¿Quiénes son ustedes? —preguntó Evelina, sonriendo.

Las hermosas criaturas la miraron con curiosidad.

—Somos los duendes del valle —respondió uno de ellos, el más alto—. ¿Qué haces por aquí, princesa?

Evelina explicó que estaba buscando un tesoro escondido que figuraba en su mapa. Los duendes se miraron entre ellos y comenzaron a reír.

—¡Un tesoro! ¡Justo lo que necesitamos para una buena travesura! —exclamó otro.

La exploradora frunció el ceño. ¿Acaso se estaban burlando de ella?

—Si quieren ayudar, les agradecería mucho —dijo, tratando de mantener la calma.

Todos asintieron con entusiasmo.

—El tesoro está escondido detrás de una cascada ubicada en un lugar hacia el otro lado del valle —dijo uno de ellos. —Pero cuidado, está protegido por un hechicero malvado y además necesitas una llave que es única en el mundo para poder abrirlo.

Evelina se sorprendió. ¿Una llave? ¡Claro, todo coincidía! ¡Se trataba de la que su madre le había entregado junto con el mapa el día de la coronación!

—Yo tengo esa llave -exclamó con entusiasmo
—Eso demuestra que tú eres la elegida, princesa —señaló otro

duende—. Nosotros conocemos un secreto para pasar desapercibidos ante el hechicero.

Entonces, llevaron a Evelina hasta una pequeña planta con flores rojas.

—Si hueles esta flor, el malvado hechicero no podrá verte —explicó uno de ellos.

Ella la olió y sintió una sensación de frescura. Inmediatamente, los duendes la guiaron hasta la cascada. Atrás de ella se divisaba un pequeño cofre dorado, y unos pasos adelante, sentado sobre una piedra, el viejo hechicero.

Evelina, protegida por el hechizo, se acercó y con mucho cuidado abrió el cofre. Este contenía un cristal mágico. Los duendes le contaron que esa piedra la protegería en el transcurso de sus aventuras. Ella les agradeció por su ayuda y a partir de ese día construyeron una hermosa amistad.

Moraleja: A veces, los tesoros más valiosos no son los que se encuentran, sino los amigos que hacemos en el camino. Y recuerda, la amistad y la ayuda mutua pueden llevarnos a descubrir cosas maravillosas.

Capítulo 8
La isla flotante

Después de recibir el cristal mágico de los duendes, la princesa Evelina continúo su viaje siguiendo las indicaciones del mapa, que ahora la guiaba hacia un lugar misterioso conocido como Isla Flotante. Según las leyendas, esta isla suspendida en el cielo era hogar de seres mágicos que escondían secretos antiguos.

El camino la llevó a la orilla de un lago cristalino, donde encontró un bote pequeño. Sin pensarlo dos veces, subió y comenzó a remar. A medida que avanzaba, el agua se volvió cada vez más brillante y, de repente, el bote comenzó a elevarse en el aire, levitando hacia la Isla Flotante.

Cuando llegó, quedó asombrada por su belleza. Flores de colores vibrantes, árboles altos y pequeños seres luminosos que volaban por doquier le daban la bienvenida. En el claro, vio un gran árbol antiguo con hojas doradas y raíces gigantes, irradiando una energía mágica.

Mientras exploraba, se encontró con una figura majestuosa, un ser alto y etéreo con alas resplandecientes. "Bienvenida a la Isla Flotante," dijo con una voz suave y melodiosa. "Soy Elyon. ¿Qué buscas por aquí?"

Evelina explicó su misión y cómo había seguido las pistas del mapa hasta llegar allí. La misteriosa criatura asintió y dijo: "El próximo paso en tu aventura se encuentra en la cima de este gran árbol."

"Para ascender, debes resolver el enigma de las raíces y demostrar que comprendes el equilibrio de la vida en esta isla," explicó.

Las raíces del árbol formaban un intrincado laberinto, y en cada intersección había un símbolo de un animal o planta. Elyon le dio una pista: "Cada ser tiene un papel importante en la naturaleza. Encuentra la conexión entre ellos y podrás ascender."

La princesa estudió los códigos y comprendió que cada uno representaba una relación en el ecosistema de la isla. Por ejemplo, el símbolo del ave se conectaba con el de la flor, porque las aves ayudan a polinizar las flores. El del pez con el del agua, porque los peces la mantenían limpia. A medida que resolvía estas conexiones, las raíces se abrían, permitiéndole avanzar hacia la cima.

Finalmente, llegó a una plataforma en lo alto del árbol, donde encontró un antiguo libro dorado. Lo abrió y leyó en voz alta:

"Quien encuentra este libro debe recordar siempre la importancia del equilibrio y la armonía con la naturaleza. Los secretos aquí revelados deben ser usados con sabiduría y respeto."

El libro contenía no solo conocimientos mágicos, sino también historias de cómo los habitantes de la isla vivían en hermandad con su entorno, cuidando de la tierra y respetando a todos los seres vivos.

Elyon se acercó a ella y dijo: "Has demostrado respeto por la naturaleza.

Lleva este conocimiento contigo para proteger y preservar el mundo que te rodea."

Con el libro dorado en sus manos, junto al libro de sabiduría y el cristal mágico en la mochila, la princesa Evelina regresó al bote y descendió del cielo, sintiéndose más conectada que nunca con su misión.

Moraleja: La verdadera sabiduría incluye entender y respetar la naturaleza y sus delicados equilibrios. Cuando vivimos en armonía con nuestro entorno, aprendemos a valorar y proteger el mundo que nos rodea, asegurando un futuro mejor para todos.

Capítulo 9
El llamado de los duendes

Hacía mucho tiempo que la princesa Evelina estaba lejos de su castillo, y ya comenzaba a extrañar a su familia y amigos. Como ya había explorado todos los lugares señalados en el mapa y vivido innumerables aventuras decidió emprender el regreso.

El camino la llevó a una colina alta y despejada, donde el cielo nocturno parecía más cercano y las estrellas brillaban con una intensidad deslumbrante. Al llegar a la cima, se encontró con un mensajero que traía una pequeña caja de madera. Al abrirla, encontró una hoja escrita con letra diminuta y una pequeña flor roja idéntica a la que los duendes le habían dado.

"Princesa Evelina," decía la nota, "los duendes del valle te necesitamos. Nuestro hogar está en peligro. Un ogro nos ha invadido y robado nuestras provisiones. Solo tú, con tu valentía, puedes ayudarnos."

Evelina no dudó ni un instante. De inmediato, canceló los planes de regresar al palacio, montó el caballo enviado por sus amigos y se dirigió hacia el valle encantado. Al llegar, los duendes la esperaban ansiosos y con rostros preocupados.

"El ogro es muy fuerte y feroz," dijo el más anciano. "Ha construido una fortaleza en la parte más alta del valle y desde allí nos vigila."

La princesa, armada con su valor y la flor mágica, se dispuso a enfrentarlo. Llegó a una gran puerta, respiró profundamente y entró en la guarida del ogro. La criatura era enorme, con voz ronca y apetito voraz.

"¡Fuera de aquí, intrusa!" rugió.

Evelina se acercó lentamente, sosteniendo la flor mágica. Al sentir su aroma, el ogro se detuvo y la miró con curiosidad.

"Qué aroma tan dulce," dijo el ogro, acercándose.

En ese momento, la valiente princesa aprovechó su distracción y le lanzó un puñado de tierra mágica que los duendes le habían dado. Ésta se convirtió en una red que atrapó al ogro.

Así, con la ayuda de los duendes, logró expulsarlo del valle. Todos estaban muy agradecidos y le ofrecieron a Evelina un regalo especial: una pequeña campana de plata.

"Esta campana te protegerá siempre," dijo el duende de bonete azul. "Y si alguna vez nos necesitas, solo tienes que hacerla sonar."

A partir de ese día, la princesa y los duendes fueron los mejores amigos.

Moraleja: La verdadera amistad no tiene límites y siempre podemos contar con nuestros amigos cuando más lo necesitamos.

Capítulo 10
El regreso triunfal al reino

Con el corazón repleto de dicha por haber podido ayudar a sus amigos duendes, la princesa Evelina emprendió el camino de regreso a su reino. Había enfrentado numerosos desafíos y aprendido valiosas lecciones a lo largo de su aventura. Ahora estaba lista para compartir los conocimientos y tesoros con su gente.

El viaje de vuelta estuvo lleno de recuerdos y reflexiones sobre todo lo vivido. Mientras cabalgaba en el hermoso caballo blanco regalado por los duendes, el paisaje se hacía cada vez más familiar. Al llegar a las puertas del reino, fue recibida con alegría y asombro por los habitantes, que habían estado esperando ansiosamente su retorno.

El rey y la reina salieron a abrazarla, sus rostros llenos de alivio y orgullo. "¡Bienvenida de vuelta, Evelina!", exclamó el rey. "Hemos oído hablar de tus hazañas y estamos ansiosos por escuchar historias y ver los tesoros que has traído."

La princesa exploradora fue conducida al gran salón del castillo, donde sus amigos más cercanos se reunieron para escuchar sus aventuras. Con cada relato, los ojos de los presentes se llenaban de sorpresa y admiración. Mostró el libro dorado, el de sabiduría, el cristal mágico y la campanita de plata, explicando la importancia de cada uno y las lecciones aprendidas.

También habló sobre la Isla Flotante y cómo había asimilado vivir en armonía con la naturaleza. "Este libro dorado nos enseña que debemos respetar y cuidar nuestro entorno, ya que somos parte de un delicado equilibrio," dijo.

Posteriormente, explicó cómo los duendes le habían dado el cristal mágico, que iluminaba su camino en momentos de oscuridad. "Este representa la importancia de la honestidad, la cooperación y la bondad," exclamó. "Cuando enfrentamos desafíos con el corazón puro y la mente abierta, siempre encontramos una luz que nos guía."

Los reyes, impresionados por las historias y enseñanzas, decidieron que estos conocimientos debían ser compartidos con todo el reino. Entonces, organizaron festivales y celebraciones para honrar las lecciones aprendidas, establecieron nuevas leyes para proteger la naturaleza y fomentar la cooperación entre los habitantes.

El reino floreció como nunca antes, la fama de Evelina, la princesa exploradora, se extendió más allá de las fronteras y sus aventuras se convirtieron en leyendas inspirando a generaciones futuras.

Moraleja: El verdadero triunfo no reside solo en completar una aventura, sino en las lecciones aprendidas y en compartir ese conocimiento con los demás. Al vivir en armonía con la naturaleza, actuar con bondad y escuchar la sabiduría del universo, encontramos paz y prosperidad para todos.

Fin

Otras obras literarias infantiles de la autora que encontrarás en esta plataforma:

• Los desafíos de ser mamá (manual para madres jóvenes)
• Cómo convertirse en un hada de la vida real
• La Jirafa sabia
• El Gato que se convirtió en Unicornio
• Las Aventuras de Rex -El Tiranosaurio Astronauta-.
• Las Locas Aventuras del Loro Pirata
• El Oso Travieso
• El delfín valiente
• El elefante con rayas
• Valentín, el mono aviador
• La travesía de Rusky
• María y los secretos del mar
• El rey que se convirtió en serpiente
• Luna, la brujita amable